VENTE

HOTEL DROUOT — SALLE N° 1

Les Jeudi 29 et Vendredi 30 Décembre 1904

A 2 HEURES 1/4

BEAUX MEUBLES

ÉPOQUES ET STYLES

XVIIe & XVIIIe Siècles

Piano de Baudet, Billard de Gerderès et Crozier

OBJETS d'ART

BIJOUX — OBJETS DE VITRINE

TABLEAUX, TENTURES

Me E. BRAOUÉZEC
COMMISSAIRE-PRISEUR
41, rue de la Victoire, 41

M. Arthur BLOCHE
EXPERT PRÈS LA COUR D'APPEL
51, rue Saint-Georges, 51

EXPOSITION PUBLIQUE

Le Mercredi 28 Décembre 1904, de 2 h. à 6 h.

C. CHAUFOUR

8-10, RUE MILTON, 8-10

PARIS

CONDITIONS DE LA VENTE

La vente sera faite au comptant.

Les acquéreurs paieront *dix pour cent* en sus des prix d'adjudication.

Aucune réciamation ne sera admise une fois l'adjudication prononcée.

DÉSIGNATION

MEUBLES

1 — Très belle chambre à coucher de style
Louis XV en noyer sculpté à rocailles et guirlandes de fleurs, composée d'un lit de milieu
offrant en bas-relief des amours au milieu de
guirlandes (avec la literie), d'une armoire à
glace de même travail et d'une table de nuit.

2 — Belle chambre à coucher de style
Louis XVI en acajou orné de bronzes ciselés
et dorés, composée d'un lit, fronton à trophée
de torches et carquois enguirlandés (avec sa
literie) ; d'une armoire à glace, ornée dans le
haut de guirlandes de fleurs ; d'un secrétaire

orné de médaillons en Wedgwood ; d'une table de nuit et de deux chaises recouvertes d'une étoffe à rayures velours et satin bleu.

3 — Cartel de style Louis XV en bois de roses orné de bronzes ciselés et dorés à guirlandes de fleurs et offrant dans le haut un groupe d'amours en bronze doré, couronnant le mouvement.

4 — Table à thé en acajou orné de bronzes, l'étagère du haut à fond de glace est supportée par quatre figurines d'enfants assis en bronze, ciselé et doré.

5 — Billard et ses accessoires de Gerderès.

6 — Piano en bois noir de Baudet.

7 — Chambre à coucher Louis XVI en noyer sculpté composée d'une armoire à deux portes, un lit de milieu et une table de nuit à étagére.

8 — Buffet en noyer sculpté. Style Louis XV.

9 — Chambre à coucher Louis XIII en chène
sculpté : armoire à glace à colonne, lit de
de milieu et table de nuit chiffonnier.

10 — Armoire ancienne en chène sculpté avec
glaces biseautées.

11 — Glace médaillon, cadré dore.

12 — Vitrine Louis XV ornée de bronzes.

13 — Bahut de salon en marqueterie, dessus
marbre.

14 — Bibliothèque de salon palissandre et incrus-
tations de marqueterie.

15 — Table de salle à manger en chène sculpté.
Style gothique.

16 — Pannetière en noyer, dessus en marbre
vert.

17 — Bureau de dame formant vitrine en bois
noir et filets de cuivre. Style Louis XV.

18 — Table de milieu de style Louis XVI en
bois laqué blanc.

19 — Console en acajou, dessus en marbre blanc
et galerie du cuivre. Epoque Louis XVI.

20 — Commode en bois des Iles, dessus en
marbre blanc. Epoque Louis XVI.

21 — Commode Louis XV, dessus en marbre
brèche d'Alep.

22 — Etagère de milieu en bois noir avec glaces
ovales.

23 — Deux consoles Louis XV en bois sculpté
et doré, dessus en marbre blanc.

24 — Vitrine à hauteur d'appui Louis XVI en
acajou ornée de cuivres dorés et glaces biseautées.

25 — Bureau en bois noir verni formant vitrine
et garni de cuivres.

26 — Bureau en acajou ciré, orné de bronzes
ciselés et dorés. Epoque Empire.

27 — Ecran en bois doré, feuille en tapisserie
de Neuilly.

28 — Trumeau en bois sculpté laqué gris et partie dorée, fronton à coquille au milieu de rinceaux fleuronnés, orné d'une peinture jeux d'amours, époque Louis XIV.

29 — Glace avec cadre en bois sculpté et doré Louis XIV, fronton à coquille, au milieu guirlandes de roses.

30 — Commode Louis XV de poupée.

31 — Petite commode s'ouvrant à quatre tiroirs.

32 — Commode d'enfant à pans coupés.

33 à 38 — Six cadres en bois sculpté.

39 — Bahut en vieux chêne renfermant un coffre-fort.

40 — Meuble de salon en marqueterie.

41 — Six chaises de salle à manger de style Louis XIII.

42 — Bahut ouvrant à deux portes en bois sculpté offrant vingt-quatre motifs à figures et armoiries.

43 — Meuble-crédence à deux portes en bois sculpté orné de figures, le bas en retrait.

44 — Deux consoles en bois sculpté Louis XV.

45 — Deux petites consoles en bois sculpté à figures.

46 — Quatre tabourets de pieds forme tortue en bois sculpté.

47 — Beau cadre en bois sculpté. Epoque Louis XV.

48 — Meuble en acajou forme chiffonnier garni de bronzes style Louis XV.

49 — Commode en acajou dessus en marbre.

50 — Lit de milieu en cuivre avec son sommier.

51 — Deux gaînes en marbre rouge ornées de bronzes ciselés et dorés.

52 — Beau billard de Crozier en chêne ciré, table pierre avec accessoires.

53 — Bergère de style Louis XVI, en bois doré recouverte de soierie.

54 — Fauteuil en bois sculpté et doré recouvert de soierie, style Louis XVI.

55 — Meuble de salon en bois sculpté et doré, comprenant un canapé, deux fauteuils et deux chaises foncés de canne dorée, style Louis XVI.

56 — Table à thé en marqueterie de bois et galerie en cuivre Louis XVI.

57 — Bureau à abattant, époque Louis XV.

58 — Canapé en bois sculpté et doré foncé de canne, style Louis XV.

59 — Petit bureau de dame en marqueterie de bois de luxe, style Louis XVI.

60 — Meuble de salon en noyer sculpté et ciré composé d'un canapé, deux fauteuils et deux chaises recouverts en soierie, style Louis XVI.

61 — Table de salon en bois sculpté et doré
pieds à cannelures réunis par un croisillon,
dessus en marbre, style Louis XVI.

62 — Etagère en bois sculpté et doré foncée de
canne dessus marbre, style Louis XVI.

63 — Casier à musique, en bois sculpté et doré
foncé de canne dorée, style Louis XVI.

64 — Grand coffre à bois en chêne sculpté
Louis XIII.

65 — Pupitre sur table en bois noir.

66 — Petit coffre à bois en chêne sculpté
Louis XIII.

67 — Pupitre à musique sur pied cannelé.

68 — Beau bureau à abattant en chêne sculpté
garni de tiroirs, poignées en bois sculpté.

69 — Grande bibliothèque en chêne sculpté à
deux portes vitrées.

OBJETS D'ART

70 — Surtout en bronze ciselé et doré. Epoque Empire.

71 — Devant de feu en bronze doré Louis XVI.

72 — Pendule en marbre blanc orné de bronzes ciselés et dorés. Epoque Louis XVI.

73 — Paire de candélabres en bronze ciselé et doré. Victoires ailées tenant un bouquet de six lumières. Epoque Empire.

74 — Cartel avec socle en marqueterie de Boulle. Epoque Louis XIV.

75 — Pendule en bronze, onyx et marbre, représentant une femme lisant. Epoque Louis XVI.

76 — Buste en marbre blanc de jeune fille, symbolisant le Printemps.

77 — Paire de vases en marbre jaune ornés de bronzes ciselés et dorés. Epoque Empire.

78 — Paire de flambeaux formant brûle-parfums,
sur socles ronds, en bronze ciselé et doré.
Époque Directoire.

79 — Deux girandoles Louis XV à trois lumières
en bronze argenté. Signées DASSON.

80 — Pendule en onyx et bronze doré, formée de
quatre carquois. Style Louis XVI de RAINGO.

81 — Paire de petits flambeaux Louis XVI en
onyx et bronze doré.

82 — Lustre à gaz en bronze doré de BARBE-
DIENNE.

83 — Tête à tête en porcelaine de Berlin, décoré
de volatiles dans des paysages, composé d'une
cafetière, pot à crême, sucrier, deux tasses et
un plateau.

84 — Statuette de paysanne en ancienne porcelaine de Paris blanche rehaussée d'or.

85 — Aiguière et plateau en porcelaine de Paris
décoré de médaillon à paysages et scènes ga-
lantes en camaïeu rose et grisaille au milieu

de rinceaux et fleurs rehaussé d'or. Epoque
1er Empire.

86 — Soupière en faïence de Rouen, décor à la
corne en polychrome.

87 — Groupe en bronze. Amour fraternel.

88 — Paire de lampes forme vase en bronze
partie dorée et partie argentée ornées de mas-
carons, anses à têtes de lions surmontés de
sphinx accroupis.

89 — Paire de lampes en émail cloisonné à fleurs
sur fond bleu turquoise sur socle bronze
rouge et pieds à têtes de chimères.

90 — Belle garniture de cheminée en marbre
rouge et bronze. Composée d'une pendule
formant socle surmonté d'une statuette en
bronze, la Zingara et de deux candélabres à six
lumières reliées à une colonnette en marbre
rouge par de petites chaînettes et surmontés
de danseurs. Edition de BARBEDIENNE.

91 — Garniture de cheminée en marbre noir et
bronze. Composée d'une pendule surmontée

d'une statuette en bronze. Napolitain jouant
de la guitare. Signé DURET.

91 *bis* — Deux statuettes en bronze, danseurs Na-
politains. Signées DURET.

92 — Groupe en bronze d'après CLODION. Bac-
chante et petits faunes.

93 — Paire de chenêts Egyptiens formés par des
Sphinx accroupis sur socles en marbre rouge.

94 — Statuette en bronze et patine claire. La
leuse.

95 — Lustre en bronze doré orné de rinceaux se
terminant en cariatides d'amours, joueurs de
flûtes et de fleurs en porcelaine de Saxe.

96 — Lustre en bronze doré soutenu par une
figurine d'amour en bronze à patine noire.

97 — Lustre en bronze doré orné de cariatides
de dauphins, d'où s'échappent des lumières,
orné de cristaux, pampilles et perles facetées.

98 — Lanterne Louis XVI forme cage fleurie en
bronze ciselé et doré, feuillage embouti à la
main et peint vert.

99 — Statuette en marbre : Surprise.

100 — Statuette en terre-cuite : Saltarello.

101 — Buste en terre-cuite : Apprivoisée. Signé:
MARIO ARTHUR.

102 — Buste en terre-cuite : La jeune fille au
béret, Signé : Léon DAIRAY.

103 — Statuette en marbre : La Prière, par MEL-
CHIORE.

104 — Buste en marbre : Contemplation, par
MELCHIORE.

105 — Paire de candélabres forme amphores en
bronze, patine claire offrant en relief des
hirondelles, roseaux et arbustes fleuri, socles
en marbre rouge, de la maison Barbedienne.

106 — Statuette en marbre : l'Héritière.

107 à 10) — Trois bronzes, Napoléon Ier, L. XVIII et Napoléon III.

110 — Bronze, femme avec chien.

111 — Deux coupes Empire en marbre et bronze.

112 — Corbeille en bronze orné de fleurs, Premier Empire.

113 — Petite urne en bronze, Ier Empire.

114 — Grappe de raisin en bronze, Ier Empire,

115 — Deux petites colonnes en bronze.

116 — Bronze sur socle : La Faisanne.

117 — Deux amphores en bronze.

118 — Buste en marbre : Marie-Antoinette, avec un médaillon.

119 — Buste en marbre : Portrait d'homme, d'après CAFFIERI.

120 — Bas-Relief en marbre de deux couleurs : Le Rêve.

121 — Buste en marbre : Marie-Antoinette.

122 — Vase forme Médicis en Wedgwood, décor à sujets mythologiques et ornements. Epoque Ier Empire.

123 — Deux amphores en céramique.

124 — Pendule en bronze ciselé et doré formant vase Empire.

125 — Carmen, bronze par J. Causse.

126 — Lampe en porcelaine décorée, monture bronze.

127 — Chenets en bronze doré representant deux enfants tenant des fleurs. Style Louis XV.

128 — Deux candélabres en bronze argenté à six lumières. Style Louis XV.

129 — Arlequin. Statuette en bronze par P. Dubois.

130 — Lustre hollandais en bronze poli à hui lumières.

131 — Suspension hollandaise en bronze poli, lampe à pétrole.

132 — Suspension en bronze doré de style Louis XV.

133 — Christ en bronze sur peluche, cadre en bois doré à volutes Louis XIV.

134 — Fusil à percussion centrale.

135 — Autre fusil.

136 — Poignard lame en zig-zag ciselée.

137 — Applique en bois finement sculpté et ajouré.

138 — Petit coffret en bois sculpté et ciré à cannelures, rais de cœur.

139 — Autre coffret en bois sculpté et ciré.

140 — Sac de voyage en cuir, complètement garni d'objets divers, certains en argent.

141 — Revolver bull dog Lefaucheux.

142 — Christ en bois sculpté.

143 — Appareils à gaz.

144 — Boite de peintre japonais en laque.

145 — Lot d'assiettes en faïence décorée.

146 — Deux assiettes en porcelaine de Chine fond
bleu rehaussé d'or.

147 — Lampe juive à quatre lumières au gaz.

148 — Deux cache-pots Japon décor à poissons
fond vert.

149 — Paire de chandeliers en cuivre Louis XIV.

150 — Paire de chandeliers en cuivre Louis XIII.

151 — « La Pluie », statuette en bronze par E.
LAURENT.

152 — « Coup de Vent », statuette en bronze par
E. LAURENT.

153 — Lampe en cristal montée en bronze art
nouveau.

154 — Cave à liqueurs en bronze et glaces, quatre
flacons et seize verres gravés.

155 — Garniture de cheminée composée d'une
pendule en marbre rouge à statuette en bronze
doré : Méditation, et d'une paire de candélabres.

156 — Service à liqueurs en cristal sur plateau
orné de bronzes.

157 — Cave à liqueurs en métal argenté et doré
formant coupole, surmonté d'un amour tenant
une couronne de fleurs, contenant quatre
flacons et douze verres en cristal.

158 — Serviette en maroquin orné des armes
peintes de feu Monsieur le Duc de Castiglione.

159 — Deux vases en émail cloisonné de Chine
fond bleu décor à fleurs rinceaux et papillons.

160 — Deux bouteilles en métal japonais ornées
de fleurs en relief partie ornée.

161 — Petit brûle-parfum en bronze du Japon en
forme de fruit.

162 — Grande vasque en Satzuma décor très fin à
personnages en émaux de couleur rehaussé
d'or.

163 — Deux vases en émail cloisonné de Chine décor à lambrequin décoré de chimère.

164 — Coupe en porcelaine du Japon, monture en bronze.

165 — Brûle-parfum en bronze du Japon posant sur trépieds couvercle surmonté d'une chimère.

166 — Deux potiches de forme carrée en porcelaine de Chine rouge haricot anses à tête d'éléphants.

167 — Petit buste en marbre représentant Louis XVI.

168 — Petit buste en biscuit Marie-Antoinette.

169 — Deux petits groupes en biscuit : Les enfants frileux, socle en onyx orné d'un perlé de de bronze.

170 — Important groupe en biscuit : Couronnement de la rozière.

171 — Paire de vases en cristal ornés d'une frise
à branches de vigne reliées à un mascaron
bouchon et couvercle en bronze.

172 — Paire de cassolettes en cristal faceté posant sur trépieds en bronze ciselé et doré surmonté d'aigles avec brûle-parfums au centre.

173 — Paire de vases en porcelaine de Chine
décoré de scènes.

174 — Guerrière en émaux de couleur.

175 — Petit brûle-parfum en bronze du Japon po=
sant sur trépieds.

176 — Jardinière en porcelaine de Chine décor
au dragon et à fleurs en bleu sur blanc.

BIJOUX. OBJETS DE VITRINE

177 — Bague en or rivière formée d'une perle
fine et de deux brillants montés sur platine.

178 — Bague en or enrichie d'une turquoise en
tourée de diamants montés sur platine.

179 — Bague en or rivière enrichie de trois perle
fines et de diamants.

180 — Bague en or finement ciselée serpents en-
lacés enrichis de brillants et de rubis.

181 — Marquise en or ornée d'émeraudes et de
diamants.

182 — Bague en or saphir entouré de diamants.

183 — Réticule en vermeil.

184 — Sautoir en vermeil enrichi de pierres
fines.

185 — Bourse en vermeil avec compartiment in-
térieur.

186 — Sautoir en or.

187 — Bourse en perles bleues, fermeture argent
doré et ciselé à têtes de cygnes, portant l'ins-
cription : Daignez accepter de S. H. 17 no-
vembre 1816. Epoque Empire.

188 — Sautoir en or.

189 — Bourse en argent doré, avec séparation intérieure.

190 — Paire de boucles d'oreilles en or enrichies de brillants montés sur platine.

191 — Remontoir en or, boîte de chasse à ancre, forme extra-plate.

192 — Broche or enrichie de brillants et de roses.

193 — Bague or, grosse perle fine entourée de brillants montés sur platine.

194 — Bague en or enrichie au centre d'un rubis reconstitué avec entourage de diamants montés sur platine.

195 — Bonbonnière en bronze ciselé et doré ornée d'une miniature.

196 — Eventail, feuille en point à l'aiguille ornée de peinture à sujets allégoriques, monture en nacre gravé et rehaussé d'or. Style Louis XVI.

197 — Eventail, monture en ivoire sculpté repercé
à jour et rehaussé d'or, feuille ornée d'un
médaillon : la Déclaration, au milieu de guirlandes de fleurs et broderies de paille)tes.

198-199 — Quatre netzukés en ivoire sculpté, personnages, animaux et volatiles.

200 — Groupe en ivoire japonais : femme portant un enfant.

201-202 — Deuv montres-oignons en argent.

203 — Deux bagues en bronze ciselé et doré, une
à figuro do faune et l'autre à trois têtes.

204 — Montre avec cadran doré.

205 — Christ en ivoiro.

206 — Boîte en porcelaine de Saxe.

207 — Coffret en bronze avec serrure artistique.

208 — Boîte forme losange en bronze doré.

209-213 — Cinq miniatures : Vénus, portrait d'homme, sujet Empire, portrait de femme à bonnet et petit sujet.

214 — Bonbonnière en ivoire avec couvercle orné d'une miniature Louis XVI.

215 — Cinq petites miniatures sur fond de velours.

216 — Grosse clef Renaissance.

217 — Quatre clefs en fer et bronze.

218 — Paire de pistolets damasquinés d'or.

219 — Trois poignards.

220 — Longue-vue en nacre, monture bronze.

221 — Statuette en ivoire.

222 — Eventail Louis XVI, monture nacre, feuille à sujet galant.

223 — Eventail Louis XVI, monture ivoire, scène
champêtre.

224 — Miniature ovale : portrait présumé de Napoléon Ier.

225 — Bonbonnière ronde en lave rouge, avec
dessus en mosaïque, monture or, époque Premier Empire, dans un écrin.

226 — Miniature : Retraite de Russie, d'après
Yvon.

227 — Miniature : l'Auberge de l'Ecu de France,
d'après Isabey.

228 — Miniature : le Serment d'amour, d'après
Fragonard.

TABLEAUX, GRAVURES

229 — CARILLON. Chantier de charpentier.

230 — CARRIER-BELLEUSE (PIERRE). Danseuses. Pastel.

231 — CARRIER-BELLEUSE (PIERRE). Femme en rose. Pastel.

232 — CARRIER-BELLEUSE (PIERRE). Panier fleuri. Pastel.

233 — COURBET. Bord d'un lac. Effet de nuit.

234 — DELPY (H.-J.). Le Passeur.

235 — DELPY (H.-J.). Bord de rivière à Chatou.

236 — DELPY. Vue de Venise. Marine.

237 — DELAGARDE. Sortie du bal masqué.

238 — DUPRÉ (?) Paysage.

239 — FLORANT (Tissier). Le Buveur.

240 — JARDIN. Troupeau à l'entrée du village.

241 — J. Y. Cavaliers sur une route.

242 — LANCRET La Causerie champêtre.

243 — MALLET (D'après). Gouache. Cadre en bois sculpté.

244 — ROBIN. Cuirassiers blanc à cheval.

245 — VALADON. Soldats sous Henri IV.

246 — VERCHAIN. La Marne à Joinville. Aquarelle. Signée.

247 — VILLAIN. Natures mortes. Trois tableaux.

248 — WASHINGTON. Amazone à cheval.

249 — ÉCOLE FLAMANDE. Le Buveur.

250 — ÉCOLE FLAMANDE. Rébecca à la fontaine.

251 — ÉCOLE FRANÇAISE. Femme à l'aigle.
Pastel. Cadre en bois sculpté et doré.

252 — ÉCOLE FRANÇAISE. Portrait de Mme
de Lamballe.

253 — ÉCOLE FRANÇAISE. Mousquetaire ren-
gainant son épée.

254 — ÉCOLE FRANÇAISE. Petit paysage avec
personnages.

255 — ÉCOLE FRANÇAISE. Cuirassiers de la
Garde.

256 — ÉCOLE MODERNE. Nature morte. Deux
petits tableaux.

257 — ÉCOLE MODERNE. Paysages. Deux tableaux.

258 — ÉCOLE MODERNE. Les trois mousque-
taires.

259 — ÉCOLE MODERNE. Portrait de femme.

260 — Suite de dix toiles décoratives, composi-
tions d'après Boucher et Watteau.

261 — Dessin en noir : Judith.

262 — Dessin rehaussé de couleurs : Femme nue.

263 — Deux gravures en couleurs cadres en bois
et doré. Style Louis XVI.

264 — Lot de cadres à photographies en bronze.

256 — Deux gravures en couleurs, d'après Watteau.

266 — Gravure d'après le baron Girard : Napo-
poléon Ier en costume du Sacre.

267 — Deux gravures : Le Bain et le Coucher.
Cadres en bois sculpté.

ÉTOFFES, TENTURES

268 — Jupe chinoise fond rouge à gros médaillon.

269 — Etoffe Louis XV en soie à bouquets de fleurs.

270 — Etoffe Louis XVI fond jaune à fleurs Louis XVI.

271 — Deux paires de rideaux en drap fond rouge, brodés à fleurs.

272-273 — Deux châles en cachemire de l'Inde dont un signé.

274 — Trois paires de rideaux en damas de soie rouge doublé velours vert avec leurs embrasses.

275 — Objets omis.

9 782329 473031